O Tesouro das Diferenças

Fernando Campos

Prefácio Ivete Sangalo   Ilustrações Alexandre Tso

LETRAMENTO

Copyright © 2024 by Editora Letramento
Copyright © 2024 by Fernando Campos

Diretor Editorial Gustavo Abreu
Diretor Administrativo Júnior Gaudereto
Diretor Financeiro Cláudio Macedo
Logística Daniel Abreu e Vinícius Santiago
Comunicação e Marketing Carol Pires
Assistente Editorial Matteos Moreno e Maria Eduarda Paixão
Designer Editorial Gustavo Zeferino e Luís Otávio Ferreira
Ilustrações Alexandre Tso
Revisão Ana Isabel Vaz

Todos os direitos reservados. Não é permitida a reprodução desta obra sem aprovação do Grupo Editorial Letramento.

Dados Internacionais de Catalogação na Publicação (CIP)
Bibliotecária Juliana da Silva Mauro - CRB6/3684

C198t	Campos, Fernando O tesouro das diferenças / Fernando Campos ; ilustrado por Alexandre Tso. - Belo Horizonte : Letramento, 2024. 40 p. : il. ; 17 cm x 24 cm. ISBN 978-65-5932-462-0 1. Amizade. 2. Inclusão. 3. Representatividade. 4. Contos infantis. 5. Pessoa com deficiência. I. Tso, Alexandre. II. Título. CDU: 82-93(81) CDD: 808.068

Índices para catálogo sistemático:
1. Literatura infantojuvenil - Brasil 82-93(81)
2. Literatura infantojuvenil 808.068

LETRAMENTO EDITORA E LIVRARIA
Caixa Postal 3242 – CEP 30.130-972
r. José Maria Rosemburg, n. 75, b. Ouro Preto
CEP 31.340-080 – Belo Horizonte / MG
Telefone 31 3327-5771

A ideia dos contos presentes nesse livro surgiu dos momentos em que deitei na rede para contar histórias para o meu sobrinho, Vinícius, dormir.

Percebi que poderia contribuir para a construção de um pensamento diverso e inclusivo se o apresentasse diferentes condições e realidades do ser humano logo cedo. Criei personagens com deficiência e os coloquei na posição de protagonistas, com o intuito de gerar representatividade e identificação às crianças com deficiência.

E, além disso, mostrar a todos que ser diferente é normal, saudável e bonito!

Dedico esse livro a meus sobrinhos, Gabriel, Vinícius e Isabela, e a todas as crianças que irão se aventurar junto aos meus personagens!

A todos que acreditaram na potência desse projeto, minha família, a editora Letramento, o incrível ilustrador Alexandre Tso, que abraçou a ideia do livro, e a Ivete que escreveu um prefácio lindo que me fez chorar por quase uma hora! Hahaha.

Sou só gratidão! Deus e as forças que regem o Universo são massa demais comigo!

- 9 — PREFÁCIO
- 11 — UM GUIA COM ASAS
- 16 — SINAIS DE AMIZADE
- 25 — UMA ASA PARA TINTIM
- 31 — A AMIZADE MÁGICA
- 36 — SOBRE OS AUTORES

Prefácio

Fernando Campos é uma constante voz do progresso e esclarecimento. Desde que o conheci, pude acompanhar cada vez mais a sua vontade e interesse por perpetuar informação com alegria, cuidado, sensibilidade e responsabilidade. É com essa admirável bagagem que meu amigo lança seu livro de contos infantis. Quatro histórias emocionantes que revelam os múltiplos sentimentos que existem ao longo da vida da pessoa com deficiência. Fernando usa sua sensibilidade para traduzir essas experiências em um conteúdo didático, colorido e engajante, que desperta no leitor curiosidade e empatia. Ao colocar diferentes condições no protagonismo, os contos incentivam que fiquemos atentos à pluralidade de vozes e abertos a ouvir e sermos contínuos agentes da transformação. As trajetórias das personagens representadas pelos animaizinhos, fadas e boneco de neve são janelas para assuntos de extrema importância, contadas de forma leve e acessível. Fernando, meu fã e amigo, contribui com a causa focando em nossos melhores espectadores: as crianças.

Ivete Sangalo

Um guia com asas

Cuque sempre foi um coelhinho peralta, seu passatempo preferido era correr pela floresta em busca de brincadeiras e aventuras. Muito querido por todos da floresta, Cuque tinha a pelagem branquinha com manchas marrons, todos o achavam muito bonito e queriam ser seus amigos.

Além disso, Cuque era valente e destemido: escalava as árvores com a ajuda dos seus amigos macacos, saltava de uma margem a outra do riacho e corria entre as flores.

Porém, certo dia, enquanto brincava com as borboletas, Cuque tropeçou numa pedra e caiu, batendo o rostinho com muita força contra uma planta cheia de espinhos. Ele ficou atordoado por alguns segundos, mas quando voltou a si, abriu os olhinhos e percebeu que não conseguia mais enxergar. Ele chorou, desolado.

– E agora? Como poderei brincar com os meus amigos e correr pela floresta? – Cuque se perguntava, triste. Mas o que ele não sabia é que por ali ia passando uma fada da floresta que ouviu o seu choro e resolveu ajudar.

– Como posso lhe ajudar, adorável coelhinho? – A fada perguntou, bondosa.

— Eu caí e machuquei os meus olhinhos, agora não posso mais enxergar.

— E por isso você está chorando? – A fada perguntou, com carinho na voz.

— Sem enxergar, não posso fazer mais nada que gosto, como subir nas árvores, correr com as borboletas... – Cuque respondeu, desesperado.

— Você não precisa sofrer assim. – Disse a fada, que balançando a sua varinha de condão fez surgir no ar um passarinho amarelo.

— Esse passarinho que agora você ouve cantar chama-se Pluminha, e, de agora em diante, ele será seu guia pela mata.

Dizendo isso, a fada desapareceu entre as árvores deixando os novos amigos a sós.

Cuque e Pluminha se deram bem de primeira. Eles passaram a estar sempre juntos. Enquanto Cuque corria pela floresta, brincando como sempre fizera, Pluminha voava sobre a sua cabeça, indicando com o seu canto a direção que ele deveria tomar. Mas, mesmo assim, Cuque ainda não estava feliz.

— O que há com você, meu amigo? Pluminha perguntou, preocupado.

— Você pode me guiar pela mata, e isso é ótimo. – Cuque respondeu, sentindo muita gratidão pelo amigo. – Mas, existem muitas coisas que eu fazia antes e que agora não posso mais fazer, como pular de uma margem a outra do riacho. Sem ver o outro lado do rio, na certa eu cairia nas águas.

— Não diga bobagem, meu amigo! — Disse Pluminha, sorridente.

— Tudo o que você fazia antes, você pode fazer agora. Só que de formas diferentes.

Cuque não entendeu muito bem o que Pluminha quis dizer. Então o passarinho sugeriu que eles fossem até o riacho. Chegando lá, Pluminha começou a pôr o seu plano em prática.

— Espere aqui nessa margem, e quando me ouvir cantar, salte.

— Mas, como eu vou saber...

Cuque tentou argumentar, quando ouviu o som das asas de Pluminha batendo e ele entendeu que o amigo saíra sem ouvir a sua resposta. Pluminha, por sua vez, voou para a margem oposta do riacho e, com todo o carinho que tinha pelo amigo, cantou em alto e bom som uma bela melodia.

Ao ouvir a canção de Pluminha, Cuque entendeu a ideia do passarinho. Assim, tomou distância e foi correndo em direção ao riacho e, na hora certa, saltou, pousando na margem oposta, ao lado de Pluminha.

– Viu?! Você não precisou enxergar para saltar de um lado para outro do riacho, não foi? – Perguntou o passarinho.

– A sua música me ajudou a ter uma ideia da distância, eu pulei e consegui!

Cuque comemorou.

– Agora, novos desafios irão surgir. E alguns deles você terá de enfrentar sozinho.

– Por que você está dizendo isso, Pluminha? Não quer mais ser meu amigo? – Cuque perguntou, preocupado.

– Eu adoro ser seu amigo e lhe ajudarei sempre que puder. Mas, quando não estivermos juntos, você precisa encontrar outras formas de realizar as suas atividades.

Cuque concordou com o amigo e, aos poucos, foi descobrindo novos caminhos para fazer o que sempre fizera, e logo voltou a ser aquele coelhinho feliz e simpático. Na maioria das vezes, Pluminha estava com ele, mas, quando isso não acontecia, Cuque sabia muito bem se virar. Afinal de contas, a floresta era a sua casa.

Sinais de amizade

Escondida entre as flores de um jardim, havia uma escola muito especial: era lá onde os insetos estudavam e aprendiam tudo sobre o mundo animal. Numa tarde quente de verão, a escola do jardim reabriu, após um longo período de férias. A borboleta Flávia, com suas asas cor-de-rosa e pintinhas verdes, estava muito empolgada para voltar às aulas. Ela se despediu de seus papais e de sua babá, que foram lhe deixar na escola, e se juntou à sua turminha.

— Acho que suas asas estão ainda mais bonitas neste verão, borboleta Flávia. — Disse Guigui, a formiga.

— É verdade, e eu estava com muitas saudades, minha amiga. — Concordou Hoto, o gafanhoto, enquanto dava um abraço em Flávia.

— Obrigada, meus amigos! Eu também estava com saudades!

Flávia era muito popular e muito querida por todos os seus colegas. E ela também adorava fazer novas amizades.

— Vejam, meus amigos, aquela joaninha está sentada sozinha. Eu não a conheço. Ela é nova aqui na escola?

— Sim, a professora disse que o nome dela é Júlia. — Respondeu Guigui, fazendo careta.

— Mas ela é uma chata! — Exclamou Hoto.

— Por que estão dizendo isso? Aposto que ainda nem conversaram com ela. — Perguntou Flávia, sem entender a postura dos amigos.

— A gente bem que tentou. — Se defendeu Guigui.

— Podem me explicar melhor?

— Eu cheguei cedo hoje na escola, e ela já estava aqui. — Começou Hoto. — Eu tentei conversar, mas ela não respondia.

— Como assim, não respondia? — Flávia perguntou, confusa.

— Ela só fazia uns sinais com as patinhas. Eu não entendi nada.

— Essa história está muito mal contada, Hoto. — Disse a borboleta, desconfiada.

A aula começou e todos foram para a sala. A primeira aula foi da professora Minhoca, que sabia tudo sobre os segredos da terra. Em seguida, o professor Sapo, que vivia na beira do rio, veio trazendo os mistérios do mundo aquático.

A borboleta Flávia e seus amigos ouviam atentos a todas as histórias fascinantes contadas pelos professores. Contudo, o que realmente intrigou a borboleta foi a presença de Cícero, o grilo, na sala de aula. Durante toda a aula, ele ficou ao lado dos professores fazendo uns sinais estranhos, que ninguém entendia. Quer dizer, ninguém, não: Júlia, a joaninha, parecia entender tudo.

– Gente, essa escola está muito misteriosa. – Disse Flávia aos amigos, assim que a aula acabou.

– E aqueles sinais que Cícero, o grilo, estava fazendo hoje na aula, será que é feitiço? – Disse Hoto, o gafanhoto.

– Sei não, mas a joaninha tava entendendo tudo, será que ela é uma bruxa? – Respondeu Guigui, se tremendo toda.

– Aaai, que medo! – Os dois exclamaram, apavorados!

– Eu vou já esclarecer essa história!

Dizendo isso, a borboleta foi conversar com Roseli, uma lagartixa, daquelas bem chiques, que usam bolsa da moda e só andam no salto. Roseli era a coordenadora da escola, a quem todos os insetos admiravam e respeitavam. Ao ouvir as perguntas da borboleta Flávia, a lagartixa abriu um sorriso.

– Minha doce Flávia, eu já esperava que viesse me procurar.

– Eu fiz mal?

– De forma alguma, minha querida. Eu vou lhe contar tudo sobre Júlia, a joaninha.

E então Roseli começou:

– Júlia tem um modo diferente de se comunicar.

– Eu percebi que ela não fala. – Disse Flávia.

— Ela não fala pela boca, como nós, mas ela conversa, brinca, conta histórias de outro jeito.

— E que jeito é esse?

— Ora, você não a viu fazendo sinais com as patinhas? Aquela é a forma que ela se comunica.

— Nós também vimos Cícero, o grilo, fazendo gestos para ela durante a aula.

— Ah sim, tudo o que o professor fala em aula para vocês, Cícero diz para ela por meio da língua de sinais. E, assim, ela não perde nadinha do que é dito em sala de aula.

Depois que saiu da sala de Roseli, Flávia ficou pensando em como poderia fazer para ser amiga de Júlia, se ela não sabia fazer aqueles sinais com suas patinhas. Esse pensamento acompanhou a borboleta enquanto ela atravessava os corredores da escola.

Ao chegar no pátio, onde os alunos brincavam e esperavam os pais virem buscá-los, viu que seus amigos ainda estavam ali. Guigui, a formiga, e Hoto, o gafanhoto, a chamaram para brincar com eles, mas, ao olhar para um canto afastado do jardim, ela avistou Júlia brincando de empilhar gravetos. Ela parecia estar se divertindo bastante ao fazer sua torre de galhos secos, mesmo brincando sozinha. Então, sem pensar duas vezes, Flávia foi até lá e começou a empilhar os gravetos também.

Júlia, a princípio, ficou surpresa, pois desde que chegara naquela escola, não havia brincado com ninguém.

Mesmo assim, ela acolheu Flávia com um sorriso e as duas brincaram juntas até que os pais chegaram para buscá-las. As novas amigas se despediram com um forte abraço. Flávia foi para casa com uma ideia na cabeça: no dia seguinte, iria procurar Cícero, o grilo, e pediria para que ele lhe ensinasse a língua de sinais. E assim ela fez. Cícero ficou muito feliz com o interesse da borboleta. Eles iriam começar naquele mesmo dia, logo que as aulas acabassem. Cícero convidou Júlia para participar das aulas, que amou a idéia, e Flávia chamou seus amigos, Guigui e Hoto: – Vamos, amigos, vai ser hoje, depois da aula.

Mas eles não ficaram muito animados.

– Outra aula, depois da aula? – Falou Hoto, entre bocejos.

– Sem falar que, para aprender aqueles sinais, deve ser muito chato. – Concordou Guigui.

– Não é apenas para aprender os sinais. – Flávia respondeu, com um toque de tristeza na voz.

– É para fazer uma nova amizade, esse é o jeito da Júlia se comunicar e ela é muito legal, eu quero ser amiga dela.

Dizendo isso, a borboleta virou as costas e saiu, deixando os amigos pensando no que ela havia dito. Flávia ficou triste com a atitude deles, mas estava empolgada para aprender a língua de sinais e praticamente nem viu o tempo passar.

Quando ela se deu conta, as aulas do dia chegaram ao fim. Cícero havia separado uma sala para que ele e Júlia ensinassem tudo a Flávia. Ela estava tão ansiosa para aprender que nem ouviu as batidinhas na porta, e Cícero também não ouvira, pois estava concentrado dando sua aula. As batidinhas se repetiram. Como ninguém respondeu, a porta se abriu. A borboleta e a joaninha tiveram uma surpresa ao verem Hoto e Guigui entrarem na sala.

— Vocês aqui? — Perguntou Flávia.

— Sim, nós pensamos muito no que você nos disse, e percebemos que você tinha razão. — Disse Guigui, sorridente.

— Será que vocês aceitam mais alunos? — Hoto perguntou, um tanto envergonhado.

— Claro que sim! — Cícero respondeu.

— São só vocês dois?

— Na verdade, não!

Guigui abriu a porta e a turma toda de insetos entrou na sala.

— A gente contou para eles o que vocês estavam fazendo e agora todo mundo quer aprender a língua de sinais. — Explicou Hoto.

— Que maravilha! — Exclamou Flávia, enquanto dava um abraço nos amigos.

Júlia, por sua vez, sorria encantada, enquanto Cícero traduzia para ela tudo o que se falava.

E foi assim que os alunos daquela escola aprenderam que não há barreiras quando a amizade é verdadeira!

Uma asa para Tintim

Um dia, no topo da árvore mais alta de uma bela floresta, nasceram três passarinhos. Seus pais, Crispim e Florinda, eram alegres e coloridos, e gostavam muito de voar pela floresta fazendo amizade.

Ao passarinho que nasceu primeiro, eles deram o nome de Cris. Suas penas eram azuis como o céu e ele gostava muito de brincar.

Logo após, nasceu um segundo passarinho, a quem eles deram o nome de Deco, que era cor de laranja e já nasceu sabendo cantar.

O terceiro passarinho era amarelinho e sonhava em poder voar, como os seus pais. Ele se chamava Tintim. Porém, diferente de seus irmãos, Tintim nascera com uma asa só, e sendo assim, não poderia voar.

Seus pais até tentaram ensinar, mas Tintim caía e terminava por se machucar.

— O que será de nosso filho, Crispim? Passarinho sem asa? Não dá para viver assim. — Questionou Florinda.

— Sozinho, ele nunca ficará. — Respondeu Crispim.

— Ao nosso lado sempre estará. — Tintim ouviu a conversa dos pais e ficou triste, pois o seu maior sonho era voar pela floresta.

– Ei, Tintim, não fique aí a chorar, nas minhas costas eu posso te levar. – Disse seu irmão Deco, tentando lhe consolar.

E os dois saíram voando em meio às árvores. Naquele dia, Tintim teve uma grande aventura, junto ao seu irmão, mas ele era um passarinho, e queria mesmo era voar sozinho.

Um dia, quando todos saíram para buscar comida, ele se pôs a pensar na vida.

– Se não posso voar, tenho duas pernas para caminhar.

E pensando desse modo, deixou o ninho. Ele ainda estava bem pertinho quando uma cobra gigante o avistou, e rapidamente abriu a boca para devorá-lo. Tintim ia virar petisco de cobra, se não fosse seu irmão Cris, que estava voltando para casa e, antes que a cobra pudesse atacar, ele veio das alturas e o irmão conseguiu salvar, batendo as asas com força e afastando Tintim do perigo.

– Assim não dá para continuar! – Disse Cris para a família.

– Uma solução vamos ter que encontrar. – Completou Deco.

E os irmãos começaram a pensar.

Certo dia, Crispim chegou no ninho esbaforido de tanto voar, mas estava tão alegre que não parava de cantar.

– Quanta folia, a que se deve tanta alegria? – Perguntou Florinda, curiosa.

— Fui longe, voei até a cidade, e trago uma boa novidade. Lá eu vi um garotinho andando com uma perna que não era de verdade.

— Eu não tô entendendo, o que você está dizendo? – Florinda ficava cada vez mais confusa, enquanto Crispim tentava explicar.

— O garotinho tinha uma perna que parecia de brinquedo, tirava e botava quando queria, e ainda assim, andava bem ligeiro.

— Agora entendi, Crispim, o Tintim precisava de uma asa assim.

— Era isso que eu estava a falar, no entanto, não sei onde arranjar.

— Ora, meu querido, não se preocupe, deixe isso comigo.

Florinda, então, chamou seus dois filhos mais velhos, Cris e Deco, e disse a eles que juntassem todas as penas que caíssem de suas asas nos próximos dias. Os filhos não entenderam, mas obedeceram. E no final de uma semana levaram, cada um, grande punhado de penas até a Mamãe passarinho. Ela, que também havia juntado penas das suas asas e das asas de Crispim, se pôs a entrelaçá-las de diversas formas, até que no fim de três dias havia feito uma bela asa colorida. Tintim nem podia acreditar, a asa feita por sua mãe era do tamanho da sua.

– Mamãe, essa asa é para mim?

– Claro que sim, Tintim.

– Que alegria, vamos chamar o doutor pavão para fazer a cirurgia.

Quando o doutor pavão chegou, Tintim já o esperava, não via a hora de ter a sua asa. O tucano, que vinha ligeiro, era o enfermeiro. Ele aplicou a injeção, com cuidado e carinho, e Tintim dormiu um pouquinho. Quando acordou, Florinda lhe mostrou um espelho.

– Sou o pássaro mais feliz do mundo inteiro! – Ele exclamou empolgado.

– À medida que você crescer, alguns reparos terei de fazer. – Disse o doutor pavão, cuidadoso. – Mas agora, é só voar por aí a fora. – Ele completou sorridente.

E então, acompanhado pelos irmãos, Tintim voou para fora do ninho. No começo foi voando devagarinho, e aos poucos foi pegando o jeito de como bater as asas. Olhou para seus irmãos, e se sentiu agradecido. Estava vivendo um sonho, e com eles, tudo era mais bonito. Sabia dos cuidados que precisaria ter com sua asa, o que faria dele um passarinho diferente. E, na verdade, isso o deixava muito contente.

– Vamos depressa! – Gritou Deco à sua esquerda. – Precisamos mostrar sua asa a toda a floresta.

A amizade mágica

Era véspera de Natal, e o clima frio tomava conta da pequena cidade de Magiquícia.

Na praça principal, Peo, um lindo boneco de neve, estava triste e sozinho. Ele observava de longe os outros bonecos de neve brincando e patinando no lago congelado.

Na cidade, tudo era festa, pois todos estavam às voltas com os preparativos para a noite de Natal. Ele desejava ser parte daquela alegria, porém Peo tinha dificuldades para se aproximar dos outros bonecos de neve, pois muitos não entendiam o fato de ele não gostar da algazarra que eles faziam. Com as emoções à flor da pele, suas interações sociais eram um verdadeiro desafio. Assim, ele permanecia isolado.

Do outro lado da praça, estava Maju, uma fada que amava moda e que sempre estava com um look estiloso. Ela tinha síndrome de Down. E a sua principal característica era o seu olhar amoroso para com todos.

Maju observava Peo de longe, e percebeu sua tristeza. Então, ela voou suavemente até o boneco de neve, sem fazer barulho, e sussurrou gentilmente:

— Oi, Peo, meu nome é Maju. Você parece estar triste. Posso fazer algo para te ajudar? – Peo, surpreso, olhou para Maju e percebeu que ela era diferente, mas aquilo não o preocupou. Ele viu apenas uma amiga disposta a ajudar. Ela não fazia julgamentos e estava disposta a entender suas dificuldades.

Sem medo de se aproximar, Peo conversou com a fada, explicou-lhe que tinha autismo. Maju pediu para que ele a explicasse o que era autismo.

— Nós, autistas, percebemos, vemos e sentimos o mundo de uma forma diferente. Por isso, às vezes preferimos nos afastar. Atividades, barulhos e informações em excesso podem nos deixar um pouquinho confusos.

— Entendi. – Disse Maju, empolgada, pulando e dando palminhas. – Desculpa, eu assustei você? – Ela perguntou, ao perceber que havia feito alguns gestos que poderiam amedrontar o seu amigo.

— Não, de forma alguma. – Ele a tranquilizou.

— Nós gostamos de alegria, só que às vezes precisamos de um tempinho para nós.

— E existem outros bonecos de neve autistas como você?

— Eu conheço uns três, alguns são quietinhos como eu, outros não se incomodam tanto com a bagunça que os nossos amigos fazem.

– Eu sei, cada um é de um jeito. – Respondeu a fada. – Eu, por exemplo, sou uma fada com síndrome de down, e tenho uma amiga que também tem a síndrome, mas nós somos completamente diferentes: ela ama futebol, eu adoro moda!

Maju começou a compartilhar histórias e cantar canções natalinas. Ela sabia que a música tinha um poder especial e poderia tocar o coração de Peo, mesmo que ele não soubesse expressar suas emoções. Porém, enquanto cantava, Maju percebeu que seu amigo começava a derreter.

– Peo, o que está acontecendo? – Ela perguntou, preocupada.

– Como estou aqui sozinho, distante dos meus amigos, o sol me acerta com mais intensidade, e o calor faz com que eu derreta mais rápido!

– Ah, mas isso não vai acontecer!

Dizendo isso, Maju saiu voando e foi contar a história de Peo para as outras fadas.

Elas decidiram que também queriam ajudar Peo.

Juntas, as fadas criaram pequenas proteções ao redor do boneco de neve, compostas por árvores e arbustos para bloquear o sol. Assim, Peo ficaria protegido e não correria o risco de derreter.

À medida que o tempo passava, Peo começou a se sentir confortável na presença de Maju e das outras fadas. Ele percebeu que a amizade verdadeira não depende apenas da proximidade física, mas sim do carinho e do respeito mútuo.

Naquela noite especial de Natal, Peo e Maju estavam juntos, celebrando!

E assim, nesse conto de Natal, aprendemos que a diferença não é um obstáculo para a amizade. Quando nos abrimos para entender e aceitar um ao outro, somos capazes de criar laços verdadeiros e especiais. E, no final das contas, é isso que importa: compartilhar amor, compreensão e alegria, não apenas no Natal, mas todos os dias.

Sobre os autores

Fernando Campos

Fernando Paiva Campos, aos 31 anos, é um autor brasileiro nascido em Natal, Rio Grande do Norte. Acometido por um Retinoblastoma bilateral, o tumor ocular mais comum da infância, ele perdeu a visão aos dois anos. O enfrentamento do câncer inspirou sua família a fundar a Casa Durval Paiva, instituição que se tornou referência nacional no atendimento a crianças e adolescentes com câncer e doenças hematológicas crônicas. Formado em jornalismo, aos 28 anos, Fernando lançou seu primeiro livro, "Enxergando Além do Atlântico: uma jornada ao Reino Unido". Com o prefácio escrito por Carlinhos Brown, a obra é um recorte autobiográfico que narra as experiências de um jovem cego durante um intercâmbio à Inglaterra. Hoje, Fernando conta com mais de 500.000 seguidores em suas redes sociais e usa de sua voz para realizar um trabalho que visa dirimir preconceitos e estereótipos acerca da pessoa com deficiência. Por meio de suas plataformas, ele compartilha sua rotina diária e produz conteúdo educativo e bem-humorado, buscando conscientizar e inspirar a sociedade.

Alexandre Tso

Nascido em Belo Horizonte, começou a desenhar quando criança e desde então não conseguiu se livrar desse vício.

Trabalhou como ilustrador para vários setores, variando desde capas para revistas como a "Mundo dos Super-Heróis" e peças promocionais para a "Walt Disney Company".

Amante de ilustrações mais tradicionais, ele acredita que com muita prática e determinação a pessoa alcança todos os seus objetivos. Afinal de contas: no "pen", no gain.

- editoraletramento
- editoraletramento.com.br
- editoraletramento
- company/grupoeditorialletramento
- grupoletramento
- contato@editoraletramento.com.br
- editoraletramento

- editoracasadodireito.com.br
- casadodireitoed
- casadodireito
- casadodireito@editoraletramento.com.br